KB099582

심장으로 걸러낸 이야기

심장으로 걸러낸 이야기

발행일 2021년 12월 28일

지은이 권동기
펴낸이 손형국
펴낸곳 (주)북랩
편집인 선일영
디자인 이현수, 한수희, 허지혜, 안유경
마케팅 김회란, 박진관
편집 정두철, 배진용, 김현아, 박준, 장하영
제작 박기성, 황동현, 구성우, 권태련
출판등록 2004. 12. 1(제2012-000051호)
주소 서울특별시 금천구 가산디지털 1로 168, 우림라이온스밸리 B동 B113~114호, C동 B101호
홈페이지 www.book.co.kr
전화번호 (02)2026-5777
팩스 (02)2026-5747

ISBN 979-11-6836-116-4 03810 (종이책) 979-11-6836-117-1 05810 (전자책)

심장으로 걸러낸 이야기

권동기 시집

북랩book Lab

저서

- 제01시집 고독한 마음에 비내리고(125편.1994)
- 제02시집 빗물속에 흐르는 여탐꾼(125편.1996)
- 제03시집 고뇌에 사무친 강물이여(125편.1997)
- 제04시집 들녘위에 떠오른 그림자(125편.1998)
- 제05시집 고향은 늘푸른 땅일레라(125편.1999)
- 제06시집 땀방울로 맺어진 사랑아(125편.2000)
- 제07시집 토담에 멍울진 호박넝쿨(125편.2001)
- 제08시집 농작로에 웃음이 있다면(125편.2002)
- 제09시집 눈물로 얼룩진 들녘에는(125편.2003)
- 제10시집 함박꽃이 시들은 전원에(100편.2005)
- 제11시집 산하는 무언의 메아리다(100편.2006)
- 제12시집 그리움이 꽃피는 산천에(100편.2007)
- 제13시집 노을빛 사랑이 피어나는(100편.2008)
- 제14시집 이름없는 혼불의 노래여(100편.2009)
- 제15시집 시심에 불거진 맥박소리(100편.2010)
- 제16시집 아름다운 희망의 노래를(100편.2011)
- 제17시집 석양이 꽃피울 그날까지(100편.2012)
- 제18시집 속삭이는 서정의 뜰에서(100편.2013)
- 제19시집 생명의 씨앗을 수놓으며(100편.2014)
- 제20시집 노래하며 춤추는 태극기(100편.2015)
- 제21시집 행복이 넘치는 인생살이(100편.2016)
- 제22시집 허물어진 틈에도 꽃피고(100편.2017)
- 제23시집 솔바람 적시는 길목에서(100편.2018)
- 제24시집 책갈피에 여미는 풍경들(100편.2019)
- 제25시집 스치는 바람도 생명이다(100편.2020)

공저

- 제01집 시몽시문학 '우리는' 외 05편(2008.09)
- 제02집 시몽시문학 '서사시' 외 06편(2009.03)
- 제03집 시몽시문학 '노을빛' 외 05편(2009.09)
- 제04집 시몽시문학 '초야에' 외 04편(2010.03)
- 제05집 시몽시문학 '봄노래' 외 04편(2010.09)
- 제06집 시몽시문학 '창작인' 외 06편(2011.03)
- 제07집 시몽시문학 '돌담길' 외 06편(2011.09)
- 제08집 시몽시문학 '여울목' 외 06편(2012.03)
- 제09집 시몽시문학 '님이여' 외 06편(2012.09)
- 제10집 시몽시문학 '청순한' 외 06편(2013.03)
- 제11집 시몽시문학 '외톨이' 외 06편(2013.09)
- 제12집 시몽시문학 '마음의' 외 07편(2014.03)
- 제13집 시몽시문학 '공상의' 외 06편(2014.09)
- 제14집 시몽시문학 '초록집' 외 06편(2015.03)
- 제15집 시몽시문학 '주춧돌' 외 09편(2018.06)
- 제16집 시몽시문학 '중년의' 외 09편(2019.11)
- 제17집 시몽시문학 '제자리' 외 14편(2020.12)

自序

— 제26시집을 내면서

지구촌의 평화로운 꿈의 궁전을 뒤흔든 전염병이
코로나19라는 이름으로 2년째 머물렀으면
이젠 맑고 깨끗한 세상을 위해 사라져야 함에도
또 다른 오미크론 변이를 데려왔다.

상상을 초월한 못된 전염병이 아니기를
온 인류가 큰 기대를 걸고 예방하고 있지만
바로 이웃까지 산불 번지듯 반경이 넓어지니
오늘도 두려움에 마스크를 벗질 못한다.

그러나 그들이 사납다 한들 기죽지 않고
힘찬 발자취를 멈추지 않겠다는 사실 하나로
희망을 품어야 한다는 안도의 숨을 쉼과 동시에
절망을 없애고 함박웃음을 되찾길 소망하면서

올해도 졸시를 묶어 제26시집에 담아
행복으로 이어 갈 평온의 뜨락에
즐거움을 잃지 않는 삶의 터전에 웃음꽃 피우듯
조용히 조심스럽게 내려놓는다.

2021년 12월 중순

경북 영덕에서 권동기 배상

차 례

2부

3부

4부

5부

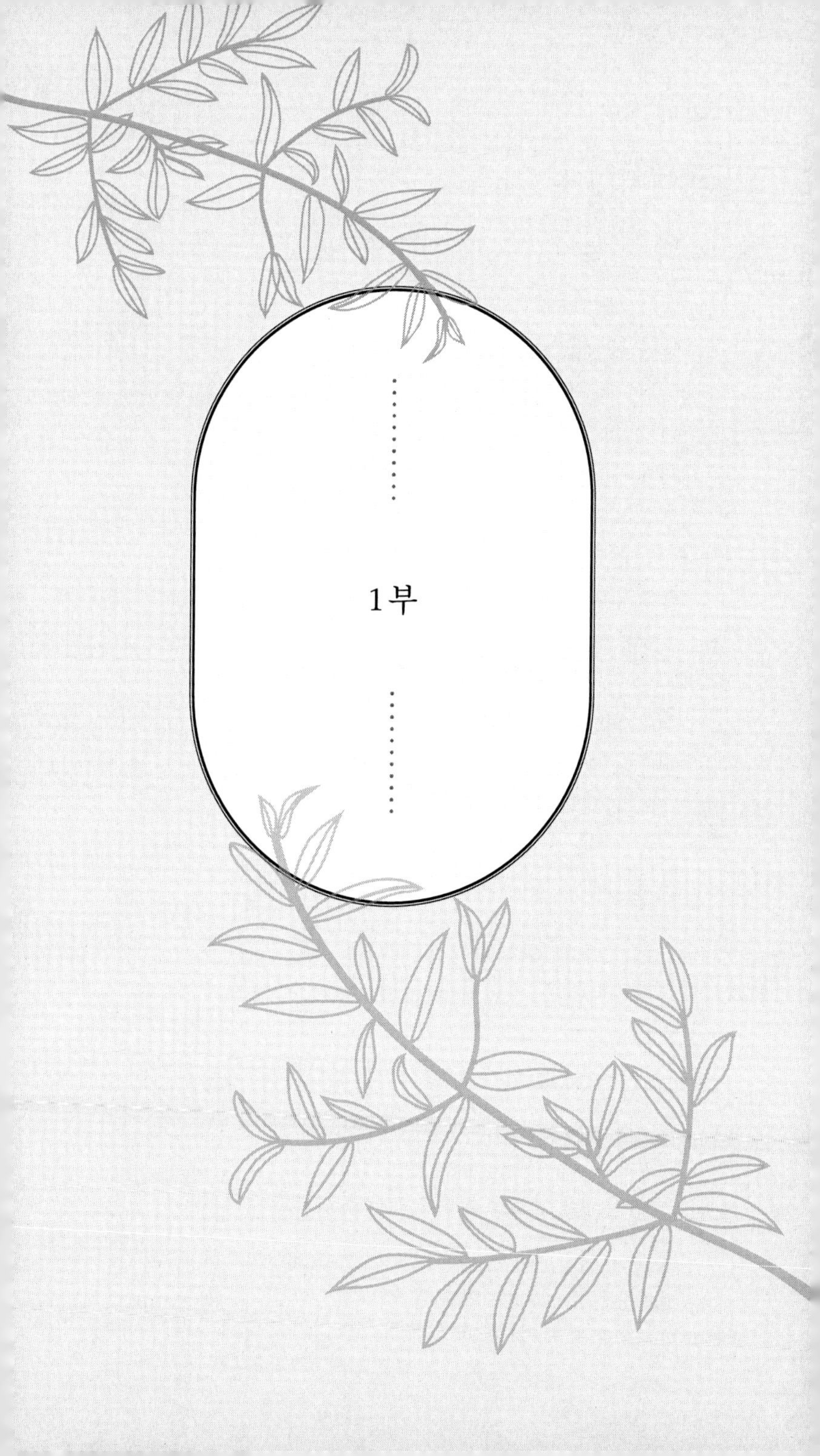

1부

001

여명의 길 따라

동틀 세상을 담은 눈이
아침 이슬에도 꿈쩍 않더니

얇게 부서지는 아지랑이에 빌붙어
순간의 아집도 무뎌 녹아내린 채

해명의 여지도 없이
흐릿한 빛에 얽힌 시어의 늪으로

작은 희망에 깃든 꿈과 함께
잔잔히 스며든다.

002

전해지는 말

가끔 앙상한 다복솔처럼
계곡의 샘물같이 청아한 마음으로

흠결 없이 올곧게 펼쳐질 터전에
가슴으로 젖어 흐르는 메아리 되어

앙칼진 바람에도 버틸 것 같은 감수성이
실낱같은 넋을 지피며 너울대는 저편으로

적막한 산봉우리를 비껴가며
하늘을 매만지듯 그렇게 흐트러진다.

003

자연의 참모습

엉뚱하다거나
생뚱맞다는 표현보다는

이쁘다거나
곱다는 속삭임이

화려하게 뿌린 물감보다
자연이 준 화폭의 전율처럼

더 짙게 살아 숨 쉴
미지의 모습이 좋다.

004

감정의 꽃

맴도는 풍차처럼
티끌이 보석 찾듯 노래하며

떠가는 구름처럼
비닐이 나무 좇듯 춤추며

녹슨 곳 긁어 못다 한 정 나누듯
단점이 장점 되는 지혜의 풍경 따라

묵묵히 감정의 꽃을 피우는
순수한 기분이 아릿하다.

005

어느 어르신의 일생

오랫동안 쑥 뜯어 먹던
대물림의 아픔을 탈피하려고

될 성싶은 희망이 깃든 마음으로
힘겨운 뒷바라지에도 즐거워하며

억센 회초리 서슴지 않고
호된 꾸지람 멈추지 않더니

자식의 희소식조차 듣지 못한 채
한 많은 세상을 등진

어느 어르신의 일생.

006

엇박자의 삶

흐느끼며 걷는데
고달픈 모습 찾을 수 없다고

허덕이며 앉는데
구슬픈 행동 느낄 수 없다고

애끓으며 눕는데
애달픈 심정 가눌 수 없다고

항변하다 지친 듯
되레 윽박지른다.

007

어쩌다 만난 인연들

걸으며 듣는다
박자 없는 민중의 대화를

앉아서 본다
품위 없이 늘어진 풍경을

그러다 짜증 나
허튼소리 뱉고 나면

못다 핀 꽃 한 닢이
푸른 혼으로 사라진다.

008

여미지 않을 정情

스스로 앓아야 함에도
가시방석의 넋을 살피는 것처럼

당당히 걸어야 하는데
아수라장의 혼을 빼앗긴 것처럼

수치스러운 몸짓을 얼버무리고
맑은 척 대중 앞에 선

그 무리의 표상이라면
뜬구름에 갇힌 행성일지도 모른다.

009

어느 날처럼

쓰라린 냉가슴에
바람이 불면

무심한 속앓이에
비가 내리면

낙엽 지는 나뭇가지에
뭉게구름 스멀거릴 때

애달파서 미소 짓던
그 모습이 그립다.

010

바람 부는 날

담벼락에 손톱이 쪼개져도
희망의 빛 보듬기 위해

가시밭에 발톱이 갈라져도
행복의 꿈 다지기 위해

낮에는 태양 아래 비지땀 쏟고
밤에는 달빛 아래 식은땀 닦으며

광명의 꿈 싣고 달려온 시간이
미지를 향해 유유히 흐른다.

011

농토에 핀 사랑

논밭에 땀방울 삭혀
유구한 생명 드리우고

맑은 마음으로 싹 틔워
고운 정성으로 열매 맺어

생동감 넘칠 먹거리에
심장 소리 묻어나도록

살아 숨 쉬는 혼을 담아
밥상마다 입맛 돋운다.

012

외톨이의 삶

하늘을 날지라도
홀로 날 수 없기에
누군가를 사랑해야 날고

땅을 밟을지라도
홀로 걸을 수 없기에
누군가를 존경해야 걷는

늘 외톨이의 삶이란 것이
고독으로 마음이 멀어지고
외로움으로 눈물이 마를 날 없으니

한 잔의 술은 목축이지만
늘어나는 잔 속에는
어두운 그림자가 보인다.

013
내면의 미소

하늘에 눌러 내린 구름이
알지도 깨닫지도
못하고

땅에 튕겨 쏟은 잡초가
꿈인지 생신인지
모른다.

볼멘소리에 놀라 속앓이하며
희망을 되살릴 앳된 마음 부풀릴 줄도
모르고

벌거숭이 된 산등성이에 숲 가꾸며
절망을 뭉갤 고된 정신 무너뜨릴 줄만
안다.

014

긴 여정

절망이 희망을 낳으니
눈물이 웃음바다 되고

불행이 행복을 누리니
잡초가 꽃바구니 되듯

피고 지는 허허로운 터전에
잔잔히 황금빛이 물드니

쓰라린 삶의 허물을 벗고
밀알의 꿈이 어여삐 여문다.

015

소외된 인연들

어느 날 누군가의 뜻 없이 흘러놓은
마치 뭔가의 혼 빠진 듯 몇 자의 단어가

존경이 깃든 몸짓에 한 줄기 명작이 되고
사랑이 물든 입담에 한 마디 졸작이 되니

정녕 소나무에 얹힌 허접한 새 둥지 같은
그냥 지나치다 흘린 밥풀에 얽힌 사연처럼

모종의 의문만 요소요소에 가득 남겨둔 채
홀연히 잊지 않은 추억으로 물들어간다.

016

고요의 밤

깊은 산속에서 전해오는 메아리는
암벽에 도토리 떨어지는 음률 같고

옆집 담벼락 넘어 밀려오는 내음은
가마솥이 뿜어내는 김 같기도 하지만

귀 기울이면 대자연의 은은한 신음이요
코 벌렁거리면 인생사의 훈훈한 인정이라

곱게 핀 무명초의 치맛바람에 녹아
잠 못 이루는 둥지로부터 새벽이 온다.

017

거울 속의 사람들

창작한 만큼
책이 나온다면

얻은 양식만큼
타인에게 베푼다면

해돋이 사랑만큼
해넘이도 변함없다면

바람에 휘둘리는 꽃잎에도
지혜의 꿈은 지지 않는다.

018

괜한 이야기들

생각지도 않았는데
생떼 쓰듯 밀어붙이다가

움직일 수도 없었는데
늪에 빠진 듯 허우적거리다가

트집 잡힌 듯 극한 상황처럼
도태된 허구의 넋도 아닌데

마음에 들뜬 꿈 하나 떼 내어
낭떠러지에 놓아버리고 싶다.

019

나래를 펴고

흘러온 세월에 얽힌
마뜩잖을 그리움이

찬란한 앞날에 설킨
설렘 없을 정겨움이

산처럼 높더라도
강처럼 맑더라도

들녘에 묵은 넋 펼쳐놓고
서재에 푸른 등 밝히련다.

020

삶의 방향들

감정의 골이 얕아진다면
불신감은 나비처럼 서서히 날아갈 테고

온정의 맘이 굳어진다면
긴장감은 안개처럼 눅눅히 쌓여질 테지만

진정 불거지는 심술이 멈추지 않을 땐
제아무리 부드러운 속살을 드러낸들

얼버무리고 말 둥지 같은 분위기에도
운명만큼 인연의 꽃 피울 줄 모른다.

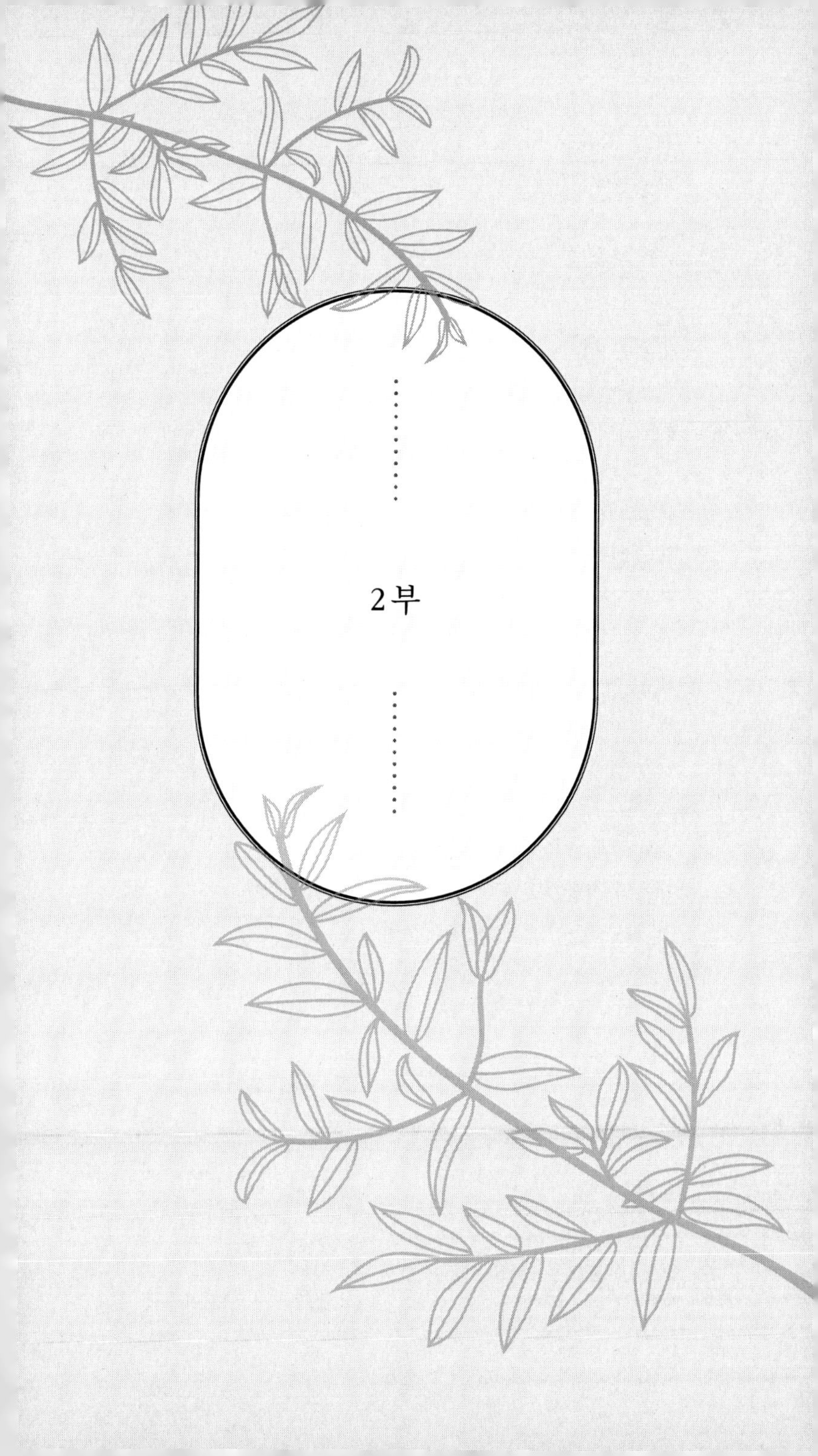

2부

021
폐비닐의 일생

그 짧은 시간을
우스꽝스럽게 남발하며 생색내듯
흐트러져가는 너를

소중한 생명체를 보호하며
그 숱한 세월을 버티던 모습은
흔적조차 찾을 수 없기에

고운 추억에 젖은 꿈이라도
행여 피어나리라 보채지만
이미 찢어진 풍광 앞에 소용돌이치며

떠오르지 않는 행복의 순간마저
아픔의 전율처럼 쥐어짜면서
덧없이 실바람에 얹혀 떠나간다.

022

편견의 바람 타고

낭떠러진 줄 알면서도
시간은 천연덕스럽게
돌고

꼭두각신 줄 느끼면서도
세월은 어처구니없이
가니

헷갈린 말이 달변이고
휘갈긴 글이 명필이라
하는 세상에서

신선한 두뇌에 정석을 덜어내고
고요의 등불 아래 납작 엎드린 채
헛웃음 칠 뿐.

023

강산에 흔들리는 숲

용맹스럽게 산이 높아진 게 아니다
한 줌의 흙이라도 사양하지 않았고
높고 높은 산마루가 하늘을 존경할 수 있었기에

억척스럽게 강이 흐르는 게 아니다
한 방울의 물이라도 거절하지 않았고
깊고 깊은 강나루가 땅을 사랑할 수 있었기에

바람이 낙엽을 몰아다가 계곡을 덮을지라도
빗물이 물보라를 일으켜 들녘을 휩쓸지라도
박진감 넘치는 삶은 유유히 흐른다.

024

사진 한 장

빛바랜 사진 한 장이
아무 일도 없었던 것처럼
세월의 뒤안길에 버려졌다

풍미한 한 시대를 통해
긴 여로의 찰나의 모습으로
귀한 존재로 떠오르면

봉숭아 잎으로 물들였던
꼬막 손 비비듯 어루만지며
울컥 눈물을 삼킬 것도 같다.

025

곱게 피는 들꽃처럼

즐겁게 부르는 노래에
요동치는 심장을 열어 헤치듯
춤춘다.

흥겹게 흔드는 바람에
만지작거리는 강산을 유혹하듯
웃는다.

외치며 몸부림치는
흔들며 꽃피우려는
그 굴레에 피고 지는 삶 따라

어제의 숨결을 안고
오늘의 설렘을 머금고
내일의 씨앗을 뿌릴 것처럼.

026

그렇게 흐르는 길

웃음거리 과감히 펼쳐 보면
어느 한 곳 흠결의 티 앞에
애환의 눈물이 보일 때도 있다.

걱정거리 수줍듯 파고들면
행여 누군가 감춘 그 짐 뒤에
하찮은 미소가 드러날 때도 있다.

겉치레에 근심을 덧칠하거나
숨겨진 꿈이 거미줄에 엉키듯
가만히 뻗어가는 길은 없다.

027

함께할 그 자리에

시원함보다는
몹쓸 욕망으로 측은하다.

통쾌함보다는
끓은 애정으로 애처롭다.

신선함이 하늘거리는
가슴으로 퍼진 기분 따라

진실을 품은 듯 살아가는
맑은 뇌리가 복잡하다.

028

동선의 늪에서

정성 들여 쓴 명필이라도
무명인이면 똥값에 사라지니
비탈길에 꽃길을 만들어도 외면하고

휘갈겨 놓은 악필이라도
유명인이면 금값에 살아나니
신작로에 똥물을 퍼부어도 좋아하듯

지나가는 시간을 삿대질한다 해도
다가오는 세월을 욕지거리한다 한들
피고 지는 꽃들이 외면하지 않는 한

푸른 하늘이 비를 뿌려도
적막한 동산에 꽃이 만발해도
역사의 굴레는 어긋남 없이 흘러간다.

029

소망의 덫

뱉으면
속 시원한 줄 알지만
그만큼 속앓이에 메말라 가고

삼키면
소원을 이룰 것 같지만
그 부푼 근심이 쌓여가니

비운 만큼
시금석이 될 행운이 채워지듯
닿지 못한 즐거움을

품으면
순간 아픔이 닥칠지라도
걷다 보면 꽃길이 보인다.

030

낮게 드리운 시선들

화풀이에 고함을 질렀더니
변하지 않는 지독한 상처만
날 뿐

심심풀이에 미소를 보냈더니
반응도 없이 허전한 바람만
불 뿐

자유로운 활동에 구애받지 않고
굽신거리던 모습을 시궁창에 버린 채
기억될 진실의 넋 적시며

그냥 스치는 무심의 길이 아니라
옛 풍경에 흐릿한 등 하나 밝히고
험하고 움찔한 재를 넘어간다.

031

언어에 핀 꽃

네가 세운 공이라고
나무 부러지듯 믿음이 가도
가시적 앙탈이라 한다.

내가 녹인 정이라고
돌 부서지듯 신뢰가 와도
돌발적 눈짓이라 한다.

물고기가 산새 되고
토끼가 용왕님 되듯
강을 산이라 절규한다면

배운 대로 익히지 않고
가르치는 지식이 허구라면
심장은 이미 내 것이 아니다.

032

야망의 깃털 아래

저수지에 연꽃이 피지 않는다면
강물처럼 자유롭게 흐를 수 없기에
애간장 타듯 향기를 기다릴 수 없고

봉우리에 구름이 쉬지 않는다면
바람처럼 여유롭게 지날 수 없기에
그리움 녹듯 단잠을 청할 수 없지만

때론 변화의 물결이 대자연을 흔들며
미생물의 심장에 갖은 근심이 녹아내려도
고요의 숲 바람에 편안할 날 없다.

033
정겨운 대화들

농토마다 앙상한 농작물이 자라
무른 발 더 터지게 한 농번기를 마중하더니
터전엔 곡식이 영글어

들녘마다 찬란한 추수절을 맞아
언 손 더 시리게 한 농한기를 배웅하더니
곳간엔 알곡이 쌓여

풍년이 다가올수록 정다운
흉년이 멀어질수록 홍겨운
우리네 생명 산업이 즐거우니

아무도 맛보지 못한 우연의 기적처럼
고을마다 여명의 빛 스며들어
풍성한 세상에 꽃처럼 살기를 원한다.

034

자연의 소리

고인 물이 문드러지기에
자칫 도는 피가 흐려진다 해도
인생이 굳어지지 않는다는 것을

부는 바람이 쪼개지기에
정녕 구르는 돌이 부서진다 해도
세상이 허물어질 수 없다는 것을

오두방정 떨며 옳다고 끄떡여도
멍청한 심보에 고집불통이어도
그다지 밉잖은 이유는

피면 진다는 꽃의 진리에 울고
가면 온다는 삶의 지혜에 웃으니
신선처럼 곧잘 옹알거리기 때문이다.

035

복스러운 세상

갑옷 입은 장군의 칼보다
골무 낀 여인의 바늘이
더 우렁차고 용맹스럽다.

허풍떠는 정치꾼의 입보다
원고지에 먹 튕기는 작가의 손이
더 우아하고 자랑스럽다.

미궁에 스멀스멀 빠져드는 세상보다
엇갈린 반응에도 현실을 끌어안으며
더 좋은 삶을 추구할 꿈이 솟아나기에

멋쩍게 꾸며진 이쁜이보다
자연 그대로 두드러진 인간미가
더 감미롭게 다가옴에 행복스럽다.

036

마음 따라 피는 꽃

좌로 가면
진보의 물이 흐르고

우로 가면
보수의 피가 솟으니

초심 안고
똑바로 서서

웃음꽃에 올라서고
눈물꽃에 내려가는

곁 눈짓 따라
요동칠 것이 아니라

편견 없는
바른길 걸어가리다.

037

갈림길에서

가슴 찡한 날에는
발 닿을 山부터 신바람 난 듯 노래하며
발자국 새기며 즐거움 묻어나고

마음이 멍한 날에는
손 내밀 江까지 풀죽은 듯 춤추며
손끝마저 무뎌 외로움 쌓이누나.

038

역지사지易地思之

너를 높일수록
끈끈한 온정이 피어
눈빛마다 존경이 솟아나고

나를 낮출수록
촉촉한 욕심이 삭고
언행마다 사랑이 스며드니

너는 나의 얼굴이 되고
나는 너의 마음이 되듯
서로의 값진 향기가 난다.

039

삶의 길

우왕좌왕
굴러가듯
시끄럽고

허둥지둥
뛰어가듯
요란하니

여기저기
둘러앉은
인생살이

이리저리
훑어봐도
허허하다.

040

모난 곳에 꽃피듯

선한 양심의 대문을
조용히 통과하고 싶은데
으름장 놓듯
몸싸움이 벌어지고

악한 욕심의 축대를
급히 허물어야 하는데
힐난하듯
말다툼이 시작되니

인심은 바람에 사라지고
마음은 구름에 떠갈 뿐
인간 세상의 고운 정은
세월만 탓한다.

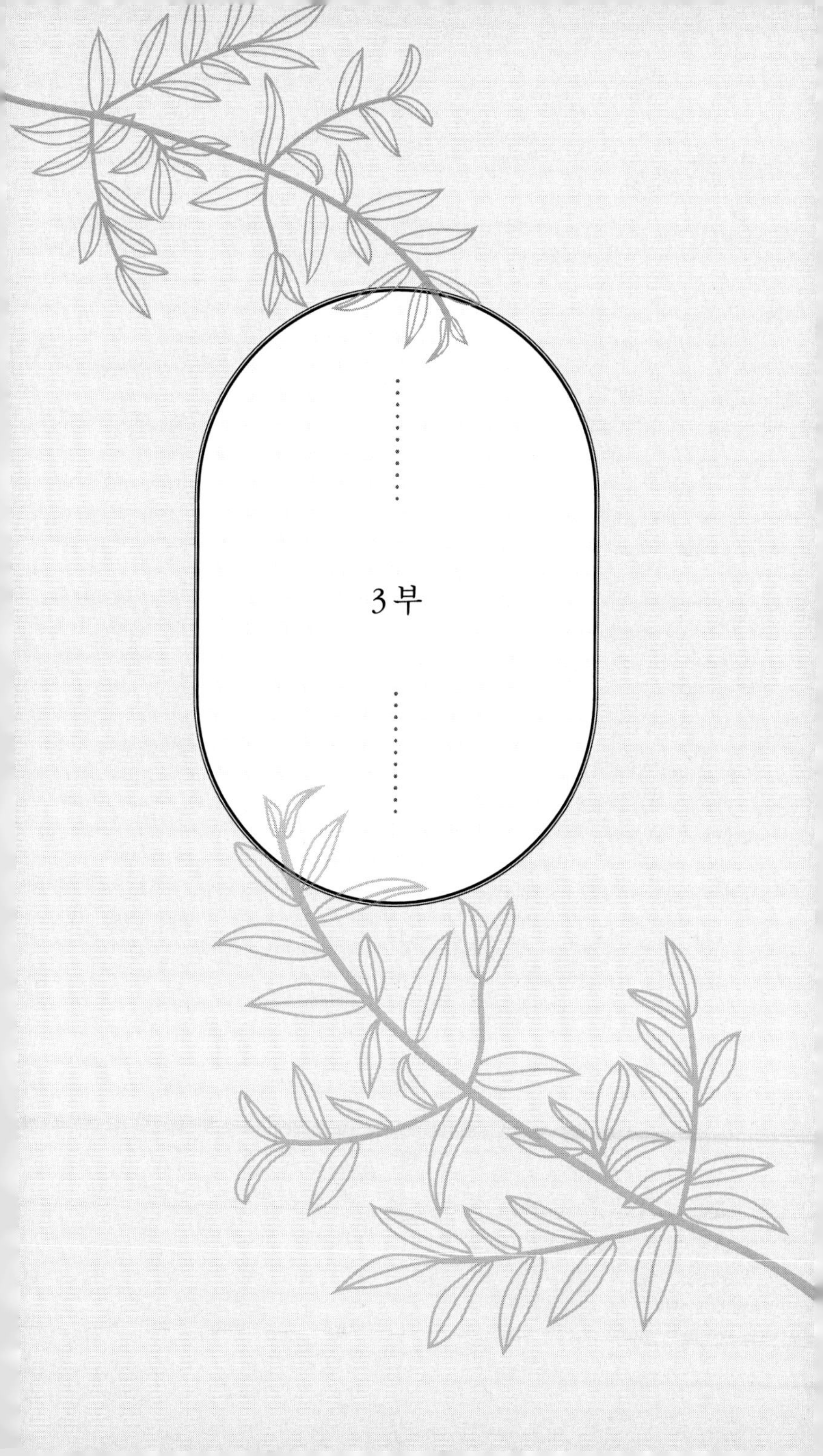

3부

041

옛정

추녀 밑
천년의 둥지

이끼 낀
무딘 세월 안고

돌담 위 앉은
까치 한 마리

구구한 옛정
쉽도록 쪼고 있다.

042

계절의 꽃망울

고요의 뇌파 속에
미적대는 태풍을 만나
마음 달래듯 쌓은 기억들

길운의 상징 같은
소리 없이 물들어가는
숙성된 인생처럼

당찬 정과 흐린 물이
천지의 기운 따라
설익지만 행운은 달다.

043

엇박자 소리

들어도 무슨 말인지
한숨지어야 달변이라 한다.

읽어도 어떤 글인지
얼버무려야 명필이라 한다.

마치 원두막의 서까래가
볼품없는 뼈대를 드러내어

대궐의 웅대한 대들보라고
우기는 것처럼.

044

못한 일들

무심히 말하는 것보다
조심스레 한마디 하는 것이
존경이고

어설피 듣는 것보다
무엇이든 담아주는 것이
사랑이지만

의미 없이 내뱉는 말보다
묵묵히 들어주는 정성이
즐겁고 배려하는 마음이다.

045

인연의 마음

보기 싫어 외면하고 말면
나도 너처럼 허망의 신세 되고

보고 싶어 내면을 들추면
너도 나처럼 희망의 만남 되니

옥에 티나, 홍일점을 비교한들
우리가 들풀도 장미꽃도 아니라

웃어도 같이 웃고
울어도 함께 우는 벗인 것을.

046

외면하지 않는 자연

태풍의 눈이 선명할수록
소중한 재산을 무너뜨리지만
때 묻은 보금자리를 닦아주고

장마의 뜸이 오래갈수록
고귀한 생명을 빼앗아가지만
메마른 산천초목을 녹여주니

고운 자연을 맑게 북돋우며 기뻐하고
미운 사람을 밝게 보듬으며 이뻐한다.

047

회심의 늪

기침 소리 들릴 툇마루에 앉거나
함성에 밟힐 골목길 서성이며
구름처럼 지나간 인연 따라
회심의 미소로 피어날 때
눈시울이 따습다.

빛바랜 고추장 내음이나
설익은 된장이 떨떠름해도
손맛 스친 찰나의 군침이
중년의 입속을 녹일 때
코끝이 시리다.

혼 없는 밋밋한 전깃불보다
춤추듯 은은한 호롱불 아래
수다 떨다 곤히 잠들었던
아릿한 그 시절이
그립도록 사무친다.

048

늪에 핀 유혹의 눈

때론
단맛도 쓴맛이 나듯
들씌워진 혼란스러움에 헝클어져
구설수에 젖은 오해의 불씨가 피어날 때
올바른 행동에도 뼈저린 아픔으로 물들곤 하지만
푸르른 새내기의 순박한 다짐처럼
세파에 얼룩지는 오류를 벗어나
초심의 길 걷기를 원한다.

049

내가 납작 엎드릴 때

귓속을 넓혀 듣기를 좋아하고
눈높이를 낮춰 인류를 받들며

입 밖을 좁혀 말을 아끼고
코끝을 높여 건강을 챙길 때

불끈 쥔 주먹 풀어 공손히 손 내밀고
불쑥 튄 발 묶어 편안히 산책길 나서면

시끄러운 세상은 저쪽으로 밀려나고
아름다운 인생이 이쪽으로 다가온다.

050

초지일관

강변에 조약돌을 쌓아
진풍경을 불러올 수 있다면

산길에 소나무를 베어
조각품을 살아 숨 쉬게 한다면

펼쳐질 감동의 분위기 속에
사계절의 단풍이 요동치듯

지레 겁먹던 의욕마저도
초심으로 성큼 다가올 수 있다.

051

예술의 문

시와 그림이 섞여
숨 멎듯 감흥이 흐르면

산자락에 부는 바람이나
강나루에 잠긴 고요에도

여명의 빛 적셔
붓끝의 선이 퍼져갈 때

울컥거리다 웃거나
키득거리다 울곤 한다.

052

마음의 굴레

기쁨으로 마주하면
악惡도 선善이 되니
머무는 곳마다 꽃이 피고

슬픔으로 빗나가면
복福도 화禍가 되니
가는 곳마다 잎이 진다.

053

나그넷길

애교 섞인 시늉에도
큰코다친다면

심장 떨려 애태워도
보잘것없다면

말문 막혀 더듬어도
가는귀먹는다면

차라리

외로운 나그네 되어
바람처럼 떠돌고 싶다.

054

심장의 소리

표절은
기초를 닦고

모방은
이해를 돕고

습작은
마음을 열고

창작은
음률을 편다.

055

쉬어가는 계절

무지갯빛들이 흐드러진 채
오고 가는 길마저 감정에 빠져들고

사탕발림의 말들을 퍼뜨린 채
엎치락뒤치락 혼마저 빼앗아 놓고

골머리 앓은 철학에 버금가는
억지스러운 지식을 골고루 뿌리며

여유롭지 못한 시간을 업고 걷는
계절의 힘이 버겁기만 하다.

056

정든 땅

행복을 향한 약속으로
미래를 위한 믿음으로
닦아 빛낸
어르신들

보람을 나눈 만남으로
과거를 비춘 배움으로
이어 나갈
젊은이들

당겨주고 밀어주는 존경과
거울삼아 익혀가는 사랑이 피어날 때
현재를 넘나드는 터전에도
즐거운 기쁨이 솟아난다.

057

덕담에 얽힌 사연

의자에 앉아
엉덩이에 뾰루지가 돋아도
희망의 노래를 들을 수 있고

도로를 걷다
허벅지에 실핏줄이 당겨도
행복의 춤을 볼 수 있기에

넉넉한 행동일랑 숲속에 던지고
덤덤한 생각일랑 강물에 잠그고
잔잔한 일상을 곱씹어 본다.

058

포장마차의 추억

우연히
꿈에서나 만날 것 같은
그 추억의 길 걷던 날

애주가들이 웅성대던
비좁은 틈새로 비집고 들어가
어묵에 술잔 기울이던 기억들

습관처럼 허드레 장막을 걷고
때때로 마음을 달랬던 그 자리에 앉아
옛 정취에 흠뻑 취하고 싶었으나

별빛 내린 천장엔 거미들이 그네를 타고
체온을 데운 연탄아궁이엔 먼지만 가득한 채
삐걱대던 탁자만 옛 나그네를 반길 뿐이다.

059
이상의 꿈

빚으면 옹기 되고
품으면 옥토 되어 농촌을 북돋우니

술 내음이 예술의 맛을 넓혀줄지
찰진 논밭의 오곡백과가 생명을 지켜줄지도

모르고

깎으면 장승 되고
띄우면 목선 되어 어촌을 살찌우니

담배 연기가 조각의 멋을 높여줄지
푸른 바다의 황금어장이 건강을 보존할지도

모른다.

060

시의 음률처럼

산등성이에
등산로를 닦아
더 높은 경지를 모으라고 한다
불타는 애정으로

바닷가에
산책로를 놓아
드넓은 지혜를 담으라고 한다
애끓은 심장으로.

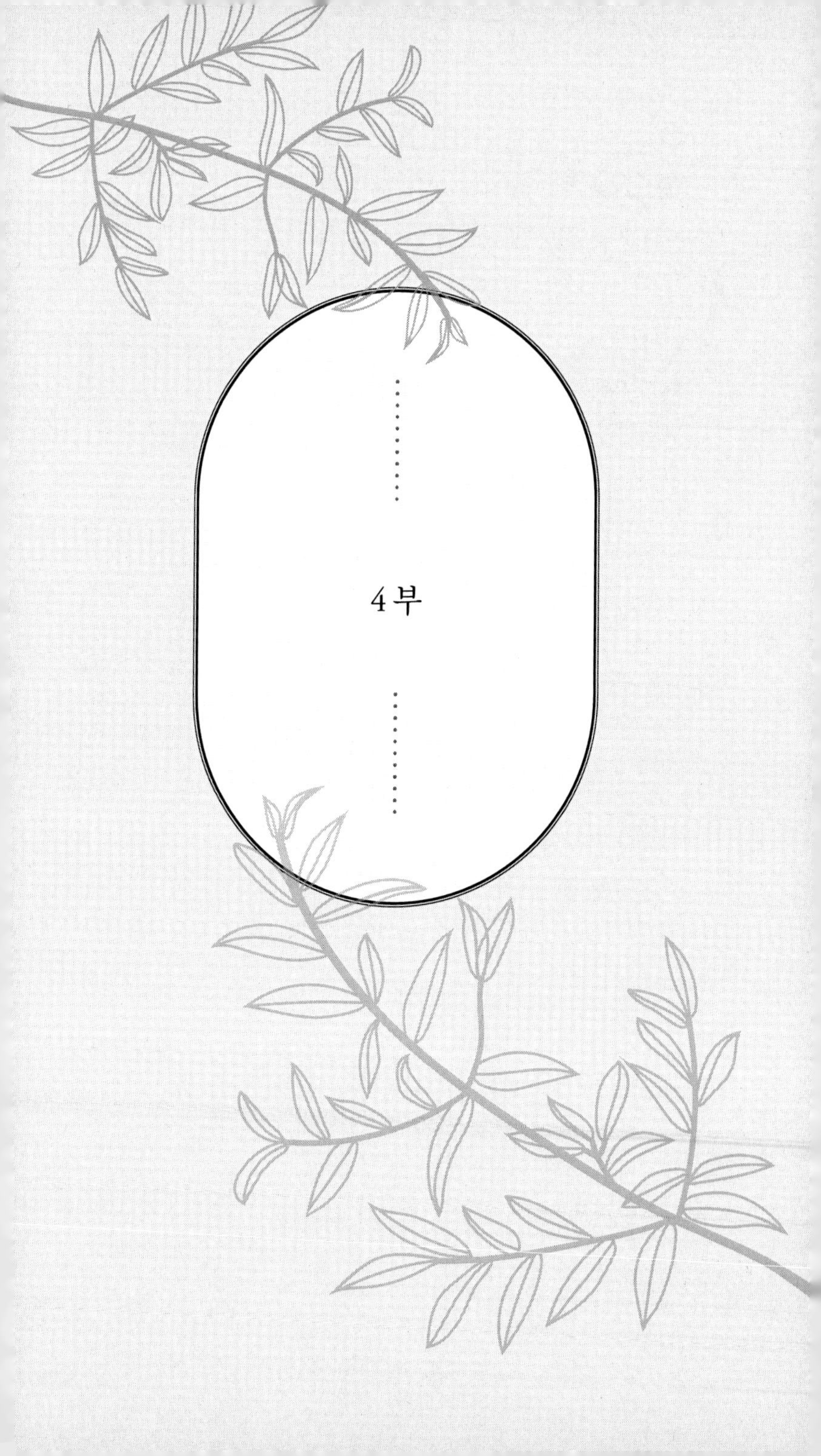

4부

061

심장으로 걸러낸 이야기

있다는 것은
더 소유하기를 바라는 뜻이 없지만
만족이라는 단정도 지울 수 없고

없다는 것은
더 비우고 싶은 겸허한 정이 있지만
조금이라는 티끌도 채울 수 있는

극히 평범의 가치를 누그러뜨리면서도
강산에 풍경을 늘어놓은 것처럼
바다에 파고를 일으키는 것처럼

진실이 밝혀져도 미안함을 알고
거짓이 들통나도 부끄러움을 모를
세상의 이야기들이 심장을 두드린다.

062

거울 속의 세상

타인을 존중한다는 것은
자신을 최대한 낮추어가는 다짐일 테고
사람다운 길을 걷겠다는 의미이기도 하다.

나를 사랑한다는 것은
타인을 최소한 높여가는 지혜일 테고
성숙한 삶을 누리겠다는 다짐이기도 하다.

하늘처럼 받들어 욕망의 빛 채워 줄 수 있고
땅처럼 낮게 평화의 꿈을 꿀 수 있기에
현실에 비춘 거울 속의 세상은 아름다울 뿐이다.

063

희비에 찬 거리에서

산사의 풍경 소리보다
더 은은한 피리 소리가 들릴 때
속 뒤집듯 부끄러움이 여미고

강가의 아지랑이보다
더 잔잔한 안개가 날갯짓할 때
속앓이하듯 미안함이 스미니

언짢은 기분이 전해지는 날
심장 뛸 감동의 말 한마디에
빛바랜 초승달이 찾아올지도 모른다.

064

허상의 빛

정성껏 오가며 덧씌운 행동에
감사의 뜻이 모이는 것이
타당치 아니하고

어설피 머물며 쏟아진 말씀에
인류의 정이 쌓이는 것이
가당치 아니하니

멋진 공연이 난장판 소동이 나고
맛 좋은 음식이 썩어 풍긴다면
웃음거리일 뿐

속절없이 허우적거리던
아침을 깨운 이슬도 찰나인데
허상에 물든 안개는 떠날 줄 모른다.

065

헛꿈에 단맛 나는 사회

칙칙해서 말인데
골칫덩어리에 얽힌 정치인들아
갈팡질팡 법을 농락하지 마라

곱게 물든 길 더럽히며
거들먹거리듯 외쳐대는 모습이
허상의 끼가 철철 넘친다.

눅눅해서 말인데
탐욕스러움에 설킨 경제인들아
옥신각신 돈을 포획하지 마라

인정 마른 삶 뿌리치며
너덜거리듯 속삭이는 얼굴이
기름의 때가 줄줄 흐른다.

답답해서 말인데
거들먹거리거나 너덜거리지 마라
그 모습에 펄펄 끓는다.

066

동반자의 삶이란

피어나는
꽃은

볼수록 정다운 속삭임으로
과거의 숲에서 보금자리 틀어
꽃씨 남기고

마주치는
정은

만날수록 애타는 그리움으로
현재의 늪에서 소꿉장난하며
열매 맺으니

곪아 터진 씨앗도 싹 틔우고
닳아빠진 줄기도 꽃 피우니
자연이 주는 생명의 꿈은 달콤하다.

067

마음 가는 대로

하던 일 멈춰 두고
메아리 따라 노래하듯
산천을 찾아가는 것도

못다 한 여유 찾아
야생화 따라 춤추듯
들길을 걸어가는 것이

지친 심신을 달래며
여정을 즐기는 삶이다.

068

들녘 길 따라

화사한 순풍이 맴도는
계절의 틈새에 펼쳐진
꽃길에는

무심히 지나치는
낯선 나그네도
발길을 멎게 하고

온갖 향기 뿌리며
유혹의 눈빛 달구듯
닫힌 가슴 열어가니

분위기에 휘청대는
아이들의 웃음도
즐거운 덫에 걸려든다.

069

자연의 소리

들녘 언저리에 선 나뭇가지에
열정으로 가득 채웠던 열매들이
탱탱하길 바라고

그 옆길 들꽃이 핀 가장자리에
신바람으로 세운 조각들이
꿋꿋하길 바라는

소박한 마음가짐에 따라
어떤 결과물에도 만족할 수 있는
자연의 맥박 소리가 정겹다.

070

인연의 동반자

온다기에
마중하는 기쁨으로 나설 때
조금은 흥분되기도 하고

간다기에
배웅하는 슬픔으로 들어올 때
웅당 눈물 나기도 하지만

만나서 아픈 기억이 없다 할 수 없고
헤어진 후 그리운 정 품고 살 수 있다면
처음 같은 그 심정은 변하지 않기에

춤을 추어봐야 땀 내음을 알고
노래를 불러봐야 음의 감동을 하듯
인연은 덧없이 함께할 동반자이다.

071

갈망하는 길

혼 빠진 듯 허무하게 뛰거나
심신의 넋을 닦기 위해 앉거나
그런 시간을 가져야 포만감이 생기고

정 쌓인 듯 흐뭇하게 걷거나
작품의 혼을 읊기 위해 서거나
이런 공간을 얻어야 만족감을 느끼듯

발정 난 사슴처럼 허공의 비를 맞고
수줍은 토끼처럼 지천의 풀을 뜯듯
빛나는 지혜의 속살을 비비며

싹을 틔움으로 열매가 달고
길을 열어감으로 미래가 보이기에
늘 몸짓으로 땀을 쏟아야 한다.

072

정도正道

이기주의 돈보다는
기회주의 꿈보다는
전체주의 삶이 슬기롭고

은은한 목소리보다는
눅눅한 몸부림보다는
넉넉한 가슴앓이가 지혜롭고

하늘의 구름보다는
대지의 안개보다는
허공을 에두른 무지개가 홍미롭다.

073

이상의 보금자리

낯선 땅 밟고 온 그들은
또 떠날 채비는 하지 않는다는
그런 믿음이 있었고

만신창이가 된다 해도
새로운 둥지를 꾸미기 위해
울먹일 시간도 주어지지 않았고

나잇살에 술은 늘고 늘었지만
심성만은 절대 흐트러지지 않으리라고
속마음을 다지며 살았기에

늘 하고 싶었던 영역의 꽃 피우며
흉허물을 버려야 할 것은 말끔히 버린 채
행복 찾아 활짝 웃는 모습을 본다.

074

어느 귀농인의 사연들

등골 휜 모습에
숱한 세월의 애잔한 상흔이 물든 채
눈물의 강 건넜으리라.

영겁의 시간을 넘어
이날을 열어오는 인고의 넋들은
닳고 닳아 더 닳을 것이 없었으리라.

터질 듯한 꽃들은 여전한데
숨결마다 역겨워 멈추고 싶었던 날도
굳고 굳어 더 굳을 것이 차마 있었으랴만

이젠 가뭄의 단비처럼
속절없이 솟은 행운의 노랫소리만이
계곡의 메아리만큼 평화롭게 펼쳐지리라.

075

타는 외침들

제발 오세요.
그대 오지 않으신다면
인연마저 위태로워요.

잠시라도 오시라고 하세요.
그 순간이 지나면
오셔도 별 소용이 없어요.

마르고, 갈라지고, 터지고
결국엔 허물어지고 쓰러진
이 참담한 고통을 어찌하랴만

이젠 오시라는 말보다는
원망할 기력마저 사라졌으니
그대 오시지 마세요.

076

생각대로 되는 일들

분명
산자락이 둘러쳐져 짐승들이 노래하던 곳인데
터널이 뚫려 구름이 쉬었다 올라간다.

정말
강물이 흘러넘쳐 물고기들이 춤추던 곳인데
다리가 놓여 바람이 노닐다 내려간다.

지도에 한 획을 그으면
그 선이 길이 되고 통로가 되는 세상이고 보니
마치 붓질하여 사군자가 탄생하는 것처럼.

077

끝없는 생명

아지랑이 너울대는
돌담 위에도
나비 떼가 찾듯

깊숙한 산속에
아무리 모르게 피어도
벌 떼는 어김없이 찾아오고

메마른 가슴에
차디찬 서정의 꽃이
홍겨운 듯 핀 까닭에

때 묻지 않은
작은 그림자가 드리워도
생명의 빛은 잠들지 않는다.

078

그대 있기에

누구도 볼 수 없는 곳에
정서의 꿈을 입히듯
빈 원고지를 들썩이면

아무도 느끼지 않은 곳에
마음의 정을 뿌리듯
정화수에 적시면

허허벌판에 스치는 바람에도
시 낭송의 음률이 퍼져가듯
메아리와 함께 노래 부를 테고

망망대해에 헤집는 파도에도
거대한 그림이 그려지듯
돛단배와 더불어 춤을 출 테지.

079

즐거운 여정

바람 따라 떠가는 조각배 타고
물길 따라 세상을 노닐고 싶었는데
이미 노 저어 파도를 가르며

출렁이는 심장의 노래에 젖어
수평선 사이로 해님을 맞이한다.

계절 따라 빛나는 사군자 보며
붓길 따라 먹물을 튀기고 싶었는데
벌써 꽃이 화선지에 활짝 피어

꽃향기에 펄럭이는 춤사위에 녹아
지평선 너머로 달님을 배웅한다.

080

농토의 바람

세상이 부끄러워 바위 아래 숨었다면
강바닥에 고인 물이라도
물줄기 따라 흘러오길 바라고

사회가 민망해서 구름 위에 누웠다면
우주 밖에 머문 구름이라도
빗줄기 타고 내려오길 기다리지만

농토가 갈라지고 벌어진 틈새에
쓰디쓴 고요의 빛으로 채워질 채
항변하지 못한 텅 빈 대지에

실낱같은 눈물이라도 뿌리고픈 심정으로
거북 등 같은 구석구석을 누볐으나
그마저도 소진되어 가슴만 칠 뿐이다.

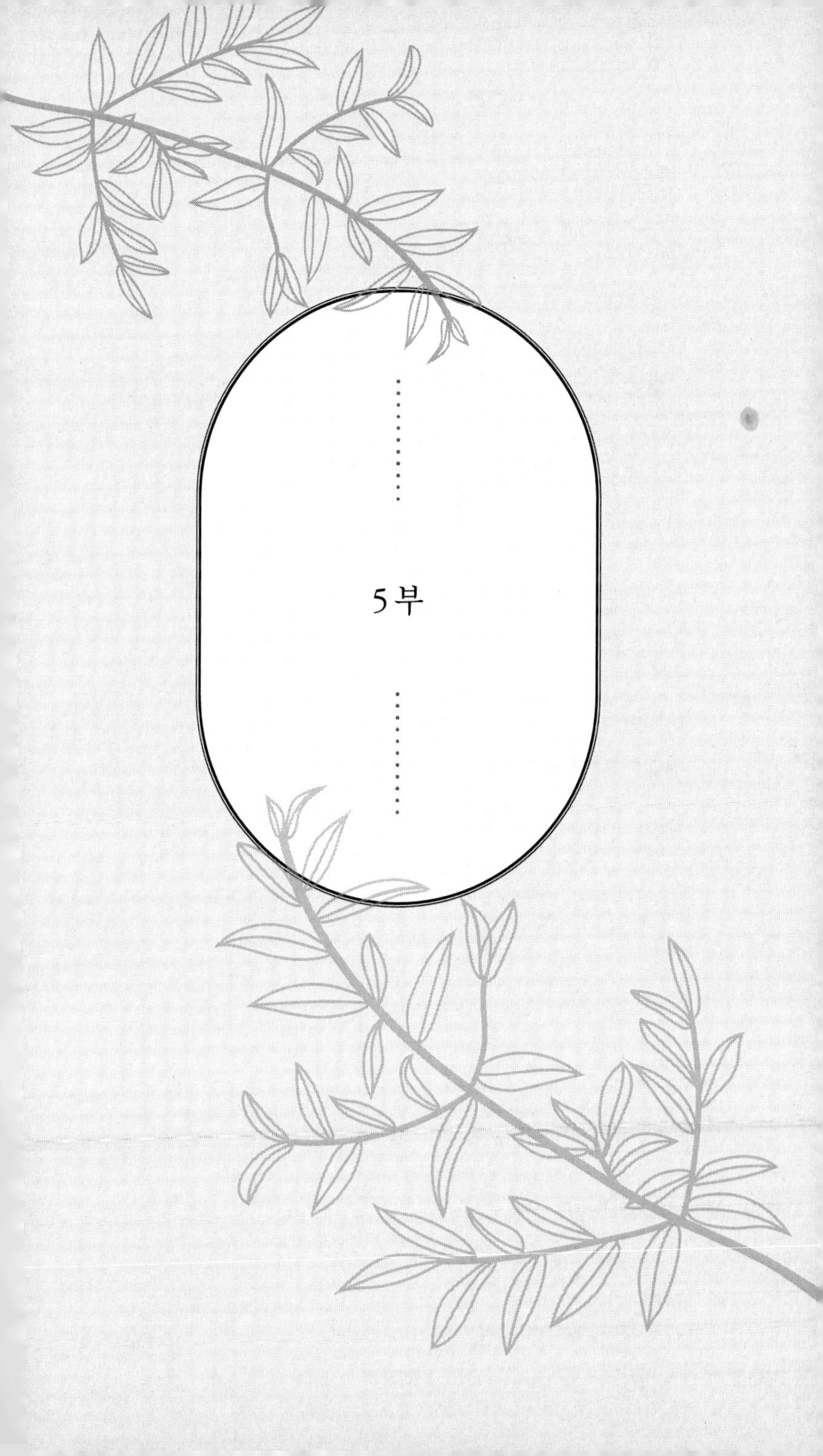

5부

081

살구꽃의 사연

긴 겨울 동안 게으른 농부를 깨우고
농촌의 절기를 알리는 자명종이기에

그 꽃이 마을을 곱게 물들이는 동안
싹 틔운 종자는 논밭으로 정식 되고

텅 빈 들녘 곳곳마다 꿈틀대듯
푸른 생명이 숲을 이루고 나면

마지막 향기마저 놓고 자연으로 돌아가
천년의 꿈 익히며 살아 숨 쉰다.

082

소박한 웃음소리

금수강산 보고파도 갈 수 없어
그리운 정에 속 터지지 말고

진수성찬 먹고파도 먹지 못해
굶주림 배 움켜잡지 말고

멋진 풍경 외면하고
허접한 뒷동산에 올라
지친 혼 달래며 노래 부르고

맛난 음식 덮어두고
단아한 분식집에 앉아
허기진 몸 채우며 춤추세나.

083

자연이 주는 여유

아린 심정 묻어놓고
그러려니 하며 사는 것처럼

눈엣가시 남겨두고
아무 일도 없는 것처럼

평화로우리라는 향기 적시며
닦달하지 않을 현실을 품고

슬기로운 언어에 거품 녹이며
어두운 길 밝혀가는 인생.

084

덧씌운 꿈들

장고 끝 악수 둔 들
희망이 절망으로 변할 수 없고

승리 후 악담한들
기쁨이 아픔으로 바뀔 수 없듯

속임수에 미래 향한 즐거움보다
무리수라도 진실의 비지땀이 곱듯

때론 모순된 삶이라 할지라도
곧은 심성만은 잃지 않으려 한다.

085
너덜거리는 세상일지라도

삶의 잣대 따라
모자라면 채우는 욕심이 있고

뜻의 기준만큼
넘치면 비우는 양심이 있기에

불안해도 호수의 물이 범람하지 않고
걱정한들 들녘마다 오곡이 쏟아질 뿐

감성팔이에 울고 웃는 세상에도
여정의 시간은 평화롭다.

086

흔들려야 삶이다

호들갑 떨면
속임수가 숨어 있고

거짓말하면
악순환이 드러나니

하나의 빗장이
삶의 지혜를 파괴해도

귓속말에는
스칠 바람뿐이다.

087

그냥 흐르는 대로

서투르다고 걷지 않으면
청춘의 공백을 허투루
보낼 것이고

부끄럽다고 보지 않으면
황금의 시간을 막연히
허비할 것이니

헌신짝 버리듯
자신이 품은 꿈조차
무너뜨릴 게 아니라

모난 길도 밟아야
새로운 힘이 생기듯
즐거움을 누릴 수 있다.

088

속절없는 날에는

버겁다는 생각에
아등바등 몸부림치듯 굽히지만

정겹다는 마음에
아옹다옹 뇌까리듯 흔들지만

엉겅퀴에 술맛 내는 양분이 있고
씀바귀도 입맛 돋우는 향기 있듯

골칫거리에 쓰라림이 묻어나도
조용히 산책길에 서면 녹아내린다.

089
떡잎이 파랗다

높지도 낮지도 않을
자랑스럽듯 에워싸고

앞서지도 뒤처지지도 않을
자연스럽듯 어루만지며

박진감도 조바심도 걸러내어
바른길 향해 움직여가는

그 하나의 모습에도
미래의 꽃은 시들지 않는다.

090

비껴가는 시선들

진실의 꿈 부풀기 위해
마중물을 소중한 정성으로
듬뿍 담아야 하고

거짓의 정 허물기 위해
구정물도 진정한 믿음으로
곱게 걸러야 한다.

둘러대는 엇박자도
시치미 뗀 허풍도
양심의 티를 도려내지 않는 한

미궁 속에 갇힌 번뇌를 깨울 수 없고
외면했던 인정마저 되돌릴 수 없다면
결과물도 나뭇잎 지듯 사라질 뿐이다.

091

심연深淵

봄이 오는 길에
새싹 돋아 좋고

여름 햇살 아래
꽃잎 피어 곱고

가을 단풍 녹여
붉은 열매 다니

겨울 난로 곁에
깊은 사랑 익네.

092

나아가는 길목에서

삭막한 길 걸었기에
따뜻한 정 그리워할 수 있었고

포근한 둥지의 꿈 꾸었기에
차디찬 손을 어루만질 수 있었고

여유 없는 바쁜 일상 속에서도
홍시 같은 달콤한 삶을 꾸미기 위해

기억될 추억처럼 바른생활 간직하며
작은 욕망 찾아 묵묵히 나아가는 거다.

093

어떤 길에서

마냥
울다가

힘 보태려다
짐 되고

정 쏟으려다
담쌓고

시 쓰려다가
혼 잃곤

울컥
웃기도 한다.

094

노인의 소원

미래의
몸을 위해

현재의
힘으로 돌아가

과거의
길을 걷는다

잔주름에 눌린
지팡이를 버리고.

095

생명체의 여운

태풍 후
한 번도 흔들리지 않았던 숲속

별안간 시샘에 몸부림치는 것처럼
마구 쏟아지는 외침들

불거진 전희마저 무너뜨리고
쏜살같이 기적이 스쳐 간 자리에

피투성이가 될 법한 그 모습은
기어이 보이지 않았다.

096

나그넷길

시와 음악은
애간장의 맛이 흐르고

술과 담배는
겉치레의 멋이 솟으니

그 굴레에
인류가 쉴 터전에는

즐길 문화가 있어 감미롭고
이을 생명이 있어 행복하다.

097

내면의 글

붓끝에 전해지는
숱한 언어들

춤추고
노래하며

초면의 공간에도
심장이 녹듯

시의 흐름에
울고 웃는다.

098

세상맛 따라

깊을수록 울림이 있을 때
얕을수록 분위기는 삭막해진다는

높을수록 기쁨이 있을 때
낮을수록 난장판은 뭉그러진다는

세상살이의 느껴지는 향기마다
맘대로 와닿지 않을 애잔함도 있지만

스스로 찾아오는 진한 맛 따라
달콤하고 보람찬 행복이 있어 좋다.

099

사색의 교감들

두 귀 꼭 막고
들으라 한다.

두 눈 꼭 감고
보라 한다.

입 열면 맛 떨어지고
코 벌리면 향기 달아난다는

뇌리에 전해진 귓속말에도
고요의 전율이 꿈틀거린다.

100

나의 길 따라

농사지을 시간에는
한없이 땀을 흘려야
튼튼하고

창작할 공간에는
덧없이 혼을 쏟아야
끈끈하다.

눅눅할 때
강에 나가 몸 씻고 나면
조약돌이 노래하며 건강을 챙겨주고

답답할 때
산에 올라 맘 삭히고 나면
소나무가 춤추며 정신을 북돋운다.